AF440280

LE DINER DU LION D'OR,

OU AVENTURES SINGULIERES ARRIVÉES EN JUILLET 1783.

AU

Sr. MANZON,

ALIAS,

FORT-EN-GUEULE,

REDACTEUR DE LA GAZETTE INTITULÉE,

LE COURIER DU BAS-RHIN.

Ridendo dicere verum
Quid vetat?

HORAT. *Sat. I.*

A ATHENES,

Chez JEAN QUI-PIQUE, Rue de la Guêpe,
a l'Aiguillon.

M D C C L X X X I V.

AVERTISSEMENT.

Au mois de *Juin de l'année derniere il parut en ces Provinces une Brochure intitulée,* Catalogue *raisonné d'une Collection de Tableaux,* peints par les plus fameux Artistes de ce païs (*a*). *Dans quelques uns de ces Tableaux, & sous diverses allusions, l'on prodigua à quelques personnes du* Parti Stadhouderien *les éloges les plus emphatiques, & en même temps les plus faux, tandis que dans d'autres, on représenta quelques Magistrats respectables, d'honnêtes Citoyens, l'Ambassadeur de France même, avec toutes les couleurs que la calomnie, la vengeance & la fureur pouvoient fournir, afin de leur attirer l'exécration du peuple Hollandois, & le mépris de l'Europe entiere.*

Le Sr. Manzon, *que l'on ne connoît plus ici que sous le nom de* Fort-en-gueule, *& qui ne perd aucune occasion de bien mériter du Parti auquel il a vendu son corps & son ame, ne manqua pas de choisir treize de ces der-*

(*a*) Ces Tableaux sont au nombre de 34.

derniers Tableaux, & de les placer dans ses Feuilles du 25 dudit mois au 12 Juillet suivant. La haine, l'acharnement, qu'il fait paroître de temps-en-temps contre la France, le tentoient d'ajouter à ce choix deux autres pièces de la Collection; mais (au grand étonnement de bien du monde,) la crainte d'être puni de son audace l'en empêcha. Dans l'une de ces deux Pièces, qui est la prémiere de la Collection générale, & où l'Ambassadeur de France est d'abord apostrophé par ces mots, Primusque malorum causa fuit, *ce Seigneur est représenté sous le symbole du Renard, qui laisse le Bouc dans le puits, & se raille même de lui, après l'y avoir attiré. Dans la seconde, qui a pour Epigraphe,*

Tu potes unanimes armare in prælia Fratres,
Atque odiis versare domos. —— ——

ce même Seigneur est désigné comme le Chef d'une Conspiration formée dans ce Pays, & non moins horrible, que celle que le Marquis de Bedmar trama autrefois contre la Ville de Venise.

Man-

Manzon, n'ayant donc ofé inferer dans fes Feuilles deux Portraits fi propers (au gré de leur Auteur & de cet Ecrivain) à faire déteſter le caractere perſonnel & la conduite de ce Miniſtre reſpeɛtable, tenta, au moins, de le rendre méprifable, en donnant le Tableau, où, dans une viſite que ce Seigneur est cenſé faire au Penſionnaire de Gyzelaar, il eſt fuppoſé fouffrir, qu'en fa préſence, ce dernier ſe lave tranquillement les pieds, & ſe rogne les ongles des orteils (a). Notre Foliculaire n'oublia pas non plus le Tableau, où, en repréſentant Mr. Abb. comme un traître qui avoit vendu fa Patrie, l'on introduiſit la France, accompagnée de l'Envie, de la Haine & de la Flatterie, & répandant l'or pour animer la Calomnie à ſurprendre la crédulité de la Nation Hollandoife, & à déchirer ce malheureux pays (b).

Après cet exploit Mons Manzon, (qui ſe vante dans fes propos, ainſi que dans fes écrits, de tenir fa Miſſion du Roi ſon Souverain,

&

& de n'écrire que sous la sanction d'un Censeur Royal) *ne tarda pas à revenir à ses moyens ordinaires; c'est-à-dire, à exciter le peuple de ce pays à la revolte, & à faire main-basse sur les Chefs du Parti - Patriotique. A cet effet, & pour donner plus de poids & d'autorité à ses exhortations, il prit dans sa Gazette du* 31 *Juillet susdit la tournure que voici:*

„ *Le Rédacteur de eette Feuille ayant eu*
„ *occasion de parcourir, il y a peu de jours,*
„ *quelques contrées circonvoisines de la Ré-*
„ *publique, a eu lieu de se convaincre de la*
„ *vérité de cette observation* (*a*). *En Bra-*
„ brant, dans le Pays *de Liege, de Juliers*
„ *&c. à* Spa *même, où la diversité des Na-*
„ *tions, qui s'y rassemblent, paroîtroit de-*
„ *voir en apporter une dans les opinions à*
„ *cet égard, partout c'étoit* une voix una-
„ nime *contre les* Démagogues Hollandois.
„ On *ne parle de ces* esprits remuants &
„ factieux *qu'avec* horreur & mépris; &
„ *les voix semblent s'élever de concert pour*
„ *leur*

(*a*) C'est l'observation qu'il venoit de faire sur la dégradation de l'honneur de la Nation Hollandoise aux yeux des Etrangers.

,, *leur dire* anathême. *Partout on* gémit
,, *fur le fort du Chef de la République*, in-
,, dignement outragé *par des* lâches, *qui*
,, *ne l'outragent, comme nous l'avons déjà*
,, *obfervé, que parce qu'ils fentent qu'ils peu-*
,, *vent le faire impunément; qui fe mettent à*
,, *l'abri d'une* prétendue Conftitution, *s'au-*
,, *torifent de* prétendus griefs, *de* préten-
,, dus droits, *pour* violer *fans honte & fans*
,, *pudeur les* loix les plus facrées *du Droit*
,, *focial & de la bienféance. ..... Nous le*
,, *répétons,* parce que le peuple ne lit point
,, notre *Feuille,* écrite dans un idiome qui
,, lui eft étranger; *nous le répétons pour fer-*
,, *vir d'avis à quelques* cerveaux exaltés,
,, *qui font* la caufe *des troubles actuels:*
,, *Mais nous avons plus d'une fois entendu di-*
,, *re.* Eft-ce que le Peuple, qui a tout à
,, perdre & rien à gagner à ces odieufes
,, disputes, NE FERA PAS RAISON d'une
,, douzaine de MONSTRES qui les fomen-
,, tent, & qui mettent l'exiftence de la
,, République à deux doigts de fa perte?
,, *Nous le prévoyons avec douleur; mais le*
,, *peuple* finira *par fe mêler de cette querel-*
,, *le, & dans ce cas,* MALHEUR *aux B. B.*

* 4

,, C.

„ *C. C. D. D. G. H. I. K. L.* &c.
„ &c. &c. "

Cet Incendiaire frénétique a donc cru met-
tre son Exhortation *à l'abri de toute censure,*
en prenant le biais qu'on vient de voir, & en
faisant observer que le Peuple Hollandois
n'entend point l'idiome dans lequel sa Feuille
est écrite. Mais des gens, qui peuvent tout
sur certaine partie de notre Populace, qui
abusent cette partie de la Nation, qui la gou-
vernent, l'animent & la dirigent à leur gré,
entendent pour elle cet idiome: Aussi n'ont-
ils pas manqué de lui expliquer, de lui commen-
ter ce qu'on vient de lire; & ils n'ont pas ou-
blié de lui montrer au doigt les victimes qui
sont ici désignées par les Lettres initiales de
leurs noms; victimes, que les Personnes les
moins versées dans l'Histoire de nos affaires
actuelles ont reconnues à la premiere lecture
du passage susdit.

On pourroit rapporter ici d'autres Homé-
lies séditieuses que ce Malheureux a encore
inserées dans ses Feuilles depuis cette épo-
que, & qu'il a adressées tant au Peuple,
qu'aux gens de guerre & de mer de ce Pays:
Mais on ne tardera pas à dévoiler, dans un

au-

autre Ouvrage, toute l'atrocité de ses menées, & de ses efforts en ce genre, ainsi que l'atrocité des efforts & des pratiques que le Parti, qui le salarie, a employés, & employe encore, dans les mêmes vues. Il suffira de dire ici, que le 3. Avril dernier la Canaille de Rotterdam faillit de donner un échantillon de ce qu'on attendoit d'elle, ainsi que de ce que l'honnête Parti attend, & attendra encore long-temps, de la populace de quelques autres villes. Cette canaille soufflée, animée, irritée par les boute-feux du Parti, tenta donc ce jour-là d'exécuter ce qu'elle n'avoit qu'ébauché le 8. Mars. 1783. Elle attaqua la Compagnie Bourgeoise qui montoit la garde, & l'auroit sacrifiée à sa fureur, si cette Compagnie ne lui avoit opposé la conduite la plus prudente, & la résistance la plus courageuse.

L'Oracle de Clèves n'eût cependant pas si-tôt entendu la nouvelle de l'Affaire, qu'il fit l'Apologie de cette Canaille, & le Panégyrique des Martyrs qui y avoient répandu leur sang (a). A l'entendre; ,, Ce pauvre
,, Peu-

______
(a) V. sa Feuille du 17 & 21 avril.

,, Peuple, c'est-à-dire, une troupe compo-
,, ſée pour les trois quarts de curieux, de
,, Femmes & d'Enfans, fut fuſillé, maſſa-
,, cré, de la maniere la plus barbare par un
,, Détachement de Bourgeois armés, conduit
,, par un Energumène Patriote, & cela,
,, pour avoir preſſé, ſerré, la marche de ce
,, Détachement, & menacé trois des Mem-
,, bres, qui étoient les ſeuls à qui l'on en
,, vouloit, & dont l'un n'y étoit pas. . . . . . .
,, & pour avoir crié des hoezées, & des
,, cris de Vive Orange, & périſſe le Corps-
,, Franc. . . . . . . On frémit d'une boucherie
,, ſi horrible. . . . La charge fut répétée à 5
,, ou 6 repriſes pendant cette marche. . . .
,, A chaque fois il s'éleva un cri aigu &
,, douloureux de tout ce peuple, où l'on ne
,, diſtinguoit qu'après certain temps les cris
,, des eſtropiés. . . . . . . Comme ce peloton (de
,, 58 Bourgeois) n'a point été mis en pieces
,, au premier mouvement pour faire feu, c'est
,, un argument ſans réplique pour ceux qui
,, voudroient oppoſer à ce pauvre peuple le
,, moindre projet de violence, la moindre
,, idée ſanguinaire contre la Compagnie Bour-
,, geoiſe, qui montoit la garde ce ſoir-là. Il
,, ne

„ ne voulut *que la* preſſer, l'incommoder,
„ *&* faire peur *à trois de ſes Membres, qui*
„ *lui étoient odieux à de ſi juſtes titres.* Le
„ *feu, le carnage, l'idée de ſe voir égorger*
„ *ainſi par ſes Concitoyens le ſtupéfia, ſans*
„ *l'irriter encore &c. &c. (a).* "

Sans ſe donner la peine de copier ici en en-
tier cette Apologie inſenſée, ni de relever
tous les traits de fauſſeté, de calomnie &
d'impudence dont elle eſt farcie, il ſuffira de
remarquer ici que ce pauvre Peuple, qui
n'avoit pas le moindre projet de violence,
ni la moindre idée ſanguinaïre, qui ne
vouloit que preſſer, qu'incommoder la
Com-

____

(*a*) Et la Traduction d'une telle *Apologie*, qui
ne peut qu'exciter la populace de *Rotterdam* a
faire encore pis, & celle d'autres Villes à l'imi-
ter, s'eſt faite à *Leyde*, s'y eſt imprimée, & s'y
débite au ſu & au vu de tout le monde, ainſi
qu'on y traduit, imprime & debite impunement,
depuis quelque temps, tout ce que le *Courier*
du Bas - Rhyn contient de plus faux, de plus
odieux, de plus outrageant, non ſeulement contre des Magiſtrats & des Citoyens reſpectables,
mais auſſi contre des Aſſembleés municipales, &
contre les Aſſemblées de quelques Provinces. —
O Tempora! O Mores!

Compagnie Bourgeoise, & faire peut à trois de ses membres, *il suffira, dis-je, de remarquer ici que ce pauvre Peuple, que ces victimes tranquilles & passives, comme notre Impudent les nomme dans la suite de sa Rapsodie, avoit juré la perte de quelques Membres, non seulement du Corps-Franc, mais du Corps de la Bourgeoisie même, & qu'il ne s'en cachoit pas: Que le 3. Avril au soir, ce pauvre peuple, ou plutôt, cette Tourbe enragée, au bruit effroyable de ses cris de guerre ordinaires, de ses menaces terribles, de ses hurlements séditieux, au bruit de mille imprécations & de mille blasphèmes horribles, entoura, enveloppa cette Compagnie, & fit ses efforts pour la mettre en désordre: Qu'ensuite elle l'assaillit à coups de pierres, à coups de fusil, & avec le couteau au poing: Que ce ne fut qu'après les représentations les plus graves, & après avoir été attaqué de la sorte, que le Commandant ordonna à un des pelotons de sa petite Troupe de faire feu: Qu'ayant été attaqué derechef devant l'Hotel de Ville, il commanda encore à un de ses pelotons de tirer sur ces furieux: Et que cependant, tout le carnage, que* l'Enerl'Energumène de Cleves fait ſonner ſi haut, ne conſiſta qu'en 6 des ſéditieux bleſſés, dont un eſt mort depuis. Pour preuve de la vérité du peu de mots que je dis ici de ces deux attaques de la Populace, & de la défenſe de la Compagnie Bourgeoiſe, j'en appelle au Rapport de l'Affaire, & aux Annexes à ce Rapport, que le Magiſtrat de Rotterdam, (qu'on ne ſoupçonnera certainement point de partialité envers cette Compagnie,) a envoyés le 12 ſuivant aux Etats de Hollande; j'en appelle, dis-je, à ce Rapport, à ces Annexes, qui démentent les trois quarts & demi des Faits rapportés par l'Impoſteur, qui, depuis trois ans, abuſe indignement ſes Lecteurs ſur tout ce qui regarde les affaires actuelles de ce Pays-ci. —— Je viens au Diner du Lion d'Or.

Comme le Sr. Manzon s'eſt cru permis de ſuppoſer un Voyage en Brabant & autres Contrées circonvoiſines de la République, pour avoir le prétexte de renouveller les Exhortations à la rebellion, au meurtre, au carnage, qu'il avoit déjà faites à la Populace de ce Pays-ci, & qu'il lui a réitérées tant de fois depuis, l'on s'eſt également cru permis de

ſup-

supposer les Aventures qui lui sont arrivées dans ce Voyage, & d'en faire part au Public par la voye de l'impression: Mais voilà tout ce qu'il y a de feint dans cette Brochure. Quant au reste, il en est autrement. On s'y est d'abord attaché à donner l'idée la plus vraie de son bavardage inépuisable & assommant: L'on y donne quelques échantillons de sa narration souvent bigarrée de comique & de burlesque, d'impertinences & d'extravagances: On s'y raille de ses pointes triviales, de ses saillies ridicules, & des délires de son imagination: Et pour achever le tableau, l'on y dévoile toute la perversité de son cœur, l'abjection & l'infamie de son caractère. Quant à quelques particularités personnelles qui le regardent, & que l'on a spécifiées, tous ceux qui connoissent l'Original, savent qu'à cet égard l'on n'a rien dit que de vrai, & de bien constaté.

Pour ce qui concerne les Affaires de ces Pays-ci, la lecture du Discours qu'un Rotterdamois tient à la Page ...... de cet Ouvrage, suffira pour donner une idée de la légitimité des plaintes que la Nation a faites, & fait encore, contre la conduite & les en-

tre-

treprifes de la plupart de fes Stadhouders,
& nommément du Stadhouder actuel, ainfi
que de la légitimité des moyens qu'elle met en
œuvre pour rentrer dans fes droits, & rétablir la Conftitution dans fon état naturel. La
lecture de ce discours fera auffi fentir, à
quelle espèce de pratiques & d'impoftures, nos
perfides Ennemis, tant Citoyens qu' Etrangers, ont dû avoir recours pour faire accroire à Sa Majefté Pruffienne, qu'on détache
arbitrairement ici du *Stadhouderat* fes prérogatives les plus importantes, l'une après
l'autre, fans aucun motif fondé (*a*). Cette lecture, enfin, démontrera la futilité des
moyens qu'un Etranger employe chez nous,
pour y faire établir une Inquifition cenforiale
& outrée, dont l'effet feroit non feulement de
confondre, avec la licence effrénée, la liberté légitime de parler & d'écrire, d'étouffer
nos juftes plaintes, de nous empêcher d'indiquer nos maux & les moyens d'y remédier,
mais auffi de nous faire un crime de foulever

la

(*a*) Lettre du Roi de Prusse remife le 31. Mars
dernier au Préfident de l'Affemblée de L. H. P.

la chaîne, dont on cherche à nous accabler, & peut-être, même, de nous ôter l'unique foulagement qu'on ne refuſe pas aux brutes, c'eſt-à-dire, de gémir, de pouſſer des cris de douleur ſous le couteau qu'on pourroit employer à nous égorger.

www.ingramcontent.com/pod-product-compliance
Lightning Source LLC
Chambersburg PA
CBHW061459050726
47593CB00004B/1704